KB272368

현대시 세계 시인선 188

# 고독하게 걸어서 빛이 되는

# 고독하게 걸어서 빛이 되는

도서출판 북인

삶은 가도 가도 허방이다.

그것을 받아쓰기 하는 나도 허방이다.

그러나 어쩌겠는가.
죽음을 두려워하지 않는 산악인처럼
끝도 모를 저 설산을 향하여
한 발 한 발
사라지는 날까지 써대는 것이
저 무녀같이 추는
한 짐의 춤 아니겠는가.

2026년 4월
현곡시거玄曲詩居에서
조성림

차례

1부

# 그대라는 문장

초당*


겨우내 추녀 끝
조각달 같은
마음 한 자락 그리워

우수가 막 지나
마음 바삐 새벽을 깨워
대관령 아흔아홉 파랑
숨가쁘게 달려가
다다르니

그 집 앞
매화 나뭇가지마다
눈썹 같은 꽃들이
이제 막 벙글어

어느 한 문장같이
예리하게 파고드는 가슴을
달려드는 파도 자락으로도
내 어찌 막을 수가 있으랴


*강릉.

매우梅雨


사무치게 그리웠던 자리마다

매화꽃들 돋아나고

겨우 며칠
감탄사를 쏟아낼 틈도 없이
또 꽃은 떠나가네

내 서러움
아물 틈도 없이

봄비가 쏟아지고

거기 푸르른 듯
피어나는
눈물에 젖어 반짝이는 눈동자들

# 명리학

그녀는 튀어오르는
시골 마을버스 속에서
명리를 좇고 있었다


길고 긴 마을버스의 시간 속에서
사주팔자
음양오행
운運과 명命은
책갈피 사이에서 덜컹거리고 있었다


그녀는 시골에 들어와
2천 평의 밭을 가꾸고
학교에 야채를 유기농으로 납품하고는
그래도 자유를 날고 있다


버스의 시간 속에서도
파란 풀은 자라갔고
운과 명은 춤을 췄다

# 부귀리


나는 소식을 이미 넣어놓았는데
냉기가 골짜기에 가득한지
도통 벚꽃이 망울을
피울 생각조차 안 한답니다


거기에는 화가와 네팔 여인이 산다는데


나는 밤새 환한
벚꽃이 진탕인 골짜기를
헤매고 있었습니다


내 생애
저 벚꽃 같은 시절이 있기나 했을까 하고는
가만 가슴에 손을 얹어보기도 하는데


시절도 오고
가슴이 탄복해도
왜 그토록
꽃그늘은 언제나 쓸쓸한지요

꽃그늘처럼 쓸쓸한 밤이 찾아온다 해도
저 화가가 칠한
벚꽃 세상으로 환하게
내 기필코 들어가고야 말 것입니다

반계리 은행나무


800년이 넘었다는 거대한 나무가
나를 부르고 있었다


그 무수한 파도 소리와 같은 부름
그 시간의 두께
실존
살아 있는 화석


매년 우람한 몸피에도
어마어마하다 하지 않고
봄이면 바느질하듯 섬세하게
잎사귀 하나하나를 손질했고
그 하나하나의 순간이 쌓여
이 거대한 성채를 이루었으리


욕망하고도 욕망하지 않는
저 거대한 순수


섬세한 빛깔을
하나하나의 나비로 날려보내는

저 환희를
내 어찌 좇을 수 있겠는가


그 잎사귀 하나하나마다
거울이 되고
천상이 되는
저 심경을

# 소송

나에게 그래도 뜯을 살점이 남아 있었을까

그녀가 어느 해 지옥처럼 달라붙어

10년 동안

행정심판 행정소송 형사소송 민사소송 신문고 국민권익
위원회 헌법재판소
소장訴狀의 간을 다 맛보고

게다가 법원을 두루 구경도 하고
심지어는 재판 과정도 흥겹게 바라봤으니

얼마나 큰 공부였겠는가

그녀는 결국 가랑잎처럼 훌쩍 감옥으로 떠나고

나는 나대로 쓸쓸히 인간의 내면으로 돌아왔다

# 천안행 3

21

이제 막 백제에서
뜻밖에도
천마주天麻酒가 도착했습니다

그 맛은 세월을 넘어
오묘하고도
깊고도 넓었습니다

나는 오히려
천마天麻에 기대어
천마天馬를 올라타고 있었습니다

백제에서 온 사신이
구름같이
날개까지 달아준 것입니다

# 나무 시인 2

산신령과
두메산골에 와서
온갖 푸른 산천을 앞에 놓고
바둑이나 두면 얼마나 좋을까
밤과 낮
흑과 백
갖은 명리命理를 한 수 한 수
머리를 싸매고 착수하며
돈도 되지도 않고
명예도 되지도 않는
저 한 수 한 수
잠시 때가 되면
모래성을 허물며
헛된 웃음 서로 흘리고
산비알 구르는 새소리처럼
저 해맑은 산천초목이 되는

격포* 사랑


바람처럼 떠나갔어도 나 어찌 잊을까
멀어져도 가슴에서 파도치는 그대
그대의 기억 다시
여름으로 차오르고 감자밭에도 뉘엿뉘엿
눈발처럼 감자꽃 들어차네
파도는 달려와 쉬지 않고
그대의 책장을 넘기니
격렬한 가슴은 포구에서 휘몰아치네
한 생이 오고 또
한 생이 저문다 해도
바다의 옷감 한 필 끊어
석양 위에
그대에게 옷을 지어주고 싶네
저 뱃전에 부서지는
구성진 노래 한 소절
저녁놀 두르며 그대에게 가고 있네


*전북 부안군 변산면 격포리.

# 무화과에도 사랑이

그도 어린 시절은
깊은 밤이었고
땅속이었고
뿌리였겠다

그래도 뿌리에는 별빛이 닿곤 했겠지
또한 지상은 절망이기도 하고
꿈의 지평이기도 했겠다

무화과에도 꽃이 피어날까
열매가 먼 지평에 다다를 수 있을까

현실 속에서 파도치는 의문들

하지만 무화과는 인류 최초의 과일이고
꽃이 없다는 무화과에도
무화과말벌이 햇볕처럼 드나들어
남모르는 천사의 후광도 피어났겠다

절망 속에서도

무화과는 익어가고
그도 한 편의 시詩의 서사로
우뚝 서 있다

신전


새벽은 나의 신전神殿이었고
나의 전부였다


그 새벽 강을 따라
자전거로 춤을 추노라면
반짝거리는 강물이
내게 들어차 꽃이 되었고
물새들이 상형문자의 노래를 새겨갔다


석양을 건너가던 강마을과
빈 배의 추억과
삐걱거리며 노를 젓던 소리가
귓가에서 불빛처럼 물결쳤다


계절을 따라
강을 채색하던 화공의 그림이
물새의 날갯짓만으로도
세상을 다 잠재우고도 남았다


저 강줄기를 오르내리며

저녁놀처럼 나도
이제 신의 댓돌 아래
땅거미의 노래로 당도하겠다

그대라는 문장


아주 오랜만에
그대라는 명문장을 마치 그림자처럼
맛깔스럽게 따라가보았습니다

어느 여인의 치맛자락 같기도 하고
혹은 달빛자락 같기도 한
먼 여운이 내게 와서는
찰랑찰랑 파도치는 것이었습니다

눈에 보였다가는 곧
사라지는 이 세계
보아도 불빛처럼
명멸하는 이 세계

그곳을 한 나그네처럼
걸어가지 않을 수 없는
불멸의 한 문장

그것이 오히려
차라리 꽃이 되고

먼 여명이 되는 저 탄복

그립고
아뜩하기만 한 풍경들
내게 와서는 시냇물이 되고
강물로 차오르는

백 년 혹은 더 먼 세월을
저 혼자
고독하게 걸어서 빛이 되는

두곡마을


함안군 여항면 두곡마을에 와서
나그네
평생의 짐을 풀고
여름밤을 잎사귀처럼
꿈 같은 하루를 쉬어가네

곁에는 2천 년 전
가야국의 어마어마한 고분들이
초록으로 잠들어 있고

능선들이 산울타리를 치거나
냇물과 다슬기와
수백 년 된 느티나무들이
짙푸른 호흡으로 친구가 되어주는 마을

돌담을 예쁘게 쌓거나
블루베리가 널려 있거나
벽화로 평화를 이루는 곳

나 여기 와서

평생의 욕망을 훌훌
거침없이 벗어버리고는

꽃처럼
별처럼
개구리 소리와 함께
깨끗이 잠마저 벗고는
맑은 영혼으로
나를 씻고 가네

# 봄바다

가진加津에서 거진巨津에 이르는
바다에 다다랐다

왜 이렇게 늦게서야
이곳에 이르렀는지 알 수가 없다

세상은 알 수 없는 것 천지

바다는 최대한 잔잔했고
이 실 끝에서 저 실 끝까지의 바다에는
봄볕이 찰랑거렸고
아스라했고
졸음처럼 예뻤다

모래밭도 무슨 노래처럼
길고 긴 풍경이었다

이 실 끝을 따라가다보면
해금강도 나올 것이고
먼먼 나라의 바다

그리고 지구도 만날 거라고
갈매기처럼 상상을 날았다

눈과 마음을 따라가면
아득한 평화인데
가슴은 태풍까지도 데려왔다

이토록 모래 같은 아름다움도
이 늦은 세월처럼
길고도 드넓게
가슴에 남아 펼쳐졌다

# 화양연화

유리창 밖에는 끝끝내
봄볕이 마치 연애처럼 다다라
온갖 꽃들이
땅 위에서
나뭇가지에서 쏟아지고
창 안에는 대낮에도
흐르는 별들 사이로
떠나간 소녀들이 다시 찾아와
새들이 향기를 내뿜어도
그 모두 어우러지는 문장들
초록으로 빛나고 있다

# 2부

# 선자령 눈에 갇히다

# 귀한 일



다 저녁인데

어미 소가 혀로
아뜩하게 귀여운지
어린 제 송아지 등을
핥고
핥고
끊임없이 핥아주고 있다

아, 이 얼마나
찬란한 어스름인가

승방골*


골짜기에서 흐르는 물은
풍경이었고
리듬이었고
운율이었다


시냇물에서 상추를 씻었겠고
온갖 나물과
달빛을 씻었겠다


정자를 지어 풍경을 이뤘겠고
정자를 지나
온갖 잔치가 되었겠다


냇물 소리는
사랑에 뒤섞여
먼 피리 소리로 흐르겠다


시냇물은 손짓처럼 멀어져도
맑은 사랑의 노래로 흐르겠다


*춘천시 사북읍 송암리.

## 복국

처음이듯
예술이 깊다는
마산에 내려와
바다같이 복국골목에 들어차
깊은 인생 같은 그와
오후의 복국을 뜨네

저 먼 고향의 향 같은
미나리 향이 깊이 밴
항구의 흔적들이 깊은
이 서사

내 나라의 향이 가득한
이 유월
흥성한 골목과 골목이 즐비한 거리에서
자랑처럼 복국을 뜨면
그래도 아직 가슴이 뜨거운
먼먼 바다가 돌아와 불을 켜네

# 목련

벙어리부부가 살던 슬레이트집

뼈 같은 목련나무 한 그루
자랑처럼 자라나고
꽃같이 피어나던 딸들은
새의 노래로 집을 떠나갔네

행복을 강같이 끌어오던
부부도 어느덧 세상을 떠나가고
밤 같은 폐가만 덩그러니 남아
세월을 받아내도

봄이면 목련도
그 그리움에 북받쳤는지
울음처럼 쏟아내는 저 폭설
하루 진종일 받들어도
다 받아낼 수가 없네

저 별같이 수많은 추억을
환하게 받는다 해도

나 무슨 수로 다
그 마음 받아낼 수 있겠는가

겨울 기도


숱한 세월이 흐른 그녀는
아침 일찍 성당으로 떠나고
대지를 감싸려는 듯
많은 눈이 내려 쌓였지만
날씨가 추운 탓으로
나뭇가지에 앉은 가루눈들은
바람이 쉽게 날려보냈다

우리는 점심으로
돌솥밥과 구운 생선을 먹으며
요양원으로 떠난 자에 대하여,
또한 인생의 허무에 대하여 나눴지만
어느 사랑으로도
그 공간을 메워갈 수는 없었다

창밖으로 겨울나무도 오로지
촛불처럼 하나에 굳건히 매달렸지만
누구도 거기에 귀기울이지 못했다

오는 길에

그는 이 겨울
귤과 딸기를 내밀며
분명 기도의 말을 대신했으니
무엇인가 깊고 깊은 얼음 속에서도
따뜻하게 빛나는 것들이 속살거리고 있었다

가야국


세월도 먼
잎사귀 같은
나라에 다녀왔습니다

어마어마하고
평온하기 그지없는
멀고도 먼 초록의 나라엘
귀한 시간을 타고 갔습니다

그곳 유월은
꽃 피고 새들의 낙원이었습니다

나도 내 마음의 낙원에 들러
저 꿈 같은 마을에 젖기도 하고
수백 년 된 느티나무의 고요 속으로
문을 열고 푸른 세상으로
들어가보기도 했습니다

하마터면
놓칠 뻔한 저 먼 나라가

산비둘기 소리에 흠뻑 젖어
저녁과 밤하늘까지도
굳이 별초롱 들고 찾아와
다시 내 마음에도 고요하게 세워졌습니다

# 선자령 눈에 갇히다

생각만 해도 눈에 선한
한눈에 바다까지
쫙 끌어안던 수평선

나도 한때
그 겨울의 유혹을 떨치지 못해
순하디순한 양떼의 목장을 오르니
양털의 세상을 지나
온천지가 설국의 극치였다

그 옛날 선비들이 괴나리봇짐을 등에 메고
과거시험에 나서기도 했다는 영嶺은
온갖 눈물의 사연들이
바람처럼 넘었겠지만

아무튼
지난 겨울에는 유독 폭설이 많이 내려
환상의 절정이었으리
게다가 등산객 몇
어둠까지 뒤엉켜 길을 잃고

삶과 죽음을 넘나드는 설경은
가히 선경仙境이었으리

나도 이제 그 황홀에 빠져
저 설원 속에서도 잊지 못해
봄의 꽃들을 무슨 맹세처럼
목놓아 부르고 싶은 것이다

# 선사시대 유적에서의 하루


몇 천 년
고인돌의 침묵은 그 무게만큼이나 깊다

나무에선 신록의 잎사귀들
폭포로 쏟아지는데
바람의 물결이 거침없이 흔들어
혼을 깨우고 있다

아무런 장식 없는 삶
민무늬토기에 하루를 쏟으며
나를 담금질하는데

고인돌에 다가와 꽃을 피우는 새들이
노래를 뿌리고
나도 성큼 선사시대의 유물로
불 켜 가고 있다

# 매영성에 매화꽃 터지다

진남관은 400여 년 전 임진왜란 당시
전략요충지 여수에 전라좌수영을 두고 충무공이
삼도수군을 통제 지휘하여
승전보를 울리던 곳

이 성곽에 매화꽃이 달빛처럼 흐드러지게 피어
매영성梅營城이라 불렀다는데

놀랍게도 우수를 턱 밑에 둔 오늘
그 매화가 이제 막
터지기 시작하는 것이다

성곽 안
송현마을에는 공公이 어머니도 모셨다는데
진해루에서
칼과 매화 꽃잎을 애잔하게도
쓰다듬었을 공의 마음이
매화 향처럼 다시
이제 막
진하게
파도쳐 오고 있는 것이다

# 동시집이 오시다

고 샘물의 속살거림

씨앗과 새싹의 원형질

깊고도 투명한 원초적 진실

이 세상 맑은 것들의 손뼉 소리

저 설경 위의 발자국

온갖 세상의 향기

나도 저 신비롭고 외경인 채로 서 있는
순진무구의 길로 끝도 없이 가고 있다

# 삶


다 저녁 개천에
거무튀튀한 왜가리 한 마리
보기에도 커다란
펄떡거리는 물고기 하나 입에 물고
삼키지도 못하고 안절부절못하고 있다
저도 둥지의 새끼들 생각으로
까무룩 개울물처럼 흘러가겠지만
신기한 듯 빤히 보고 있으려니
저도 또 불편한 듯
휘황한 날개 펼쳐 한 바퀴
선회하더니만 아직 해야 할 일이 남은 듯
제자리로 날개를 접어 다시 내린다
너무 커서
날아가다 떨굴세라
넘기지도 못하고 펄떡대는
이 안타까움 한 마리

# 주름


버스 정류장에서
어디로 가려는지
버스를 하염없이 기다리는 저 노파
얼굴에 거미줄이 가득하다

그도 어린 시절과
꽃다운 시절과
꽃이 피고 지던 때도
분명 있었을 텐데

휴대폰에서 흘러나오는 노래를
시냇물처럼 듣고 있는 저 여인

그 꽃잎과
숱한 세월의 물결이
쓸고 지나갔을 저 심정

거기에 왜
해와 달
천둥과 번개마저

들이치지 않았을까만


배를 타듯
저도 강물 위에서
삶의 춤을 추며
얼마나 밤과 낮을 출렁거렸을까


외국말로 통화까지 하는 저 노파
지구의 언어가 뒤섞여
여기까지 온
세파의 물결이 더욱 자욱하다

# 천금

어제는
금계국 잎사귀를 뒤지다가
마른 풀잎으로 돌돌 말아쥔
털실덩어리를 호기심으로 풀어내니
아뿔사
글쎄 새끼손톱만 한
빨갛고 눈도 뜨지 못한
생쥐 다섯 마리가 꼬물꼬물 들어 있지 않은가
다시 제자리에 놓으며
그래도 밤새도록 잠 속에서도
제 어미가 데려가주길 바라다가
아침 일찍 다시 나가보니
쥐도 새도 모르는 새
빨간 새끼들은 한 마리도 보이지 않았고
그제서야
내 마음에도 하늘이 들어찼고
아마도 생쥐들이
어미에게는 천금보다 더했으리

# 아리아

어제는 명동 명곡사에 들러
아리아를 샀다

오래된 음반 속에 잠든
이 불멸의 노래

사람은 잠시 풀같이 왔다 가고

노래여
사랑을 흐르며
가슴을 건너가는 강물이여

자욱한 노래만이 수없이도
입에서 입으로 징검돌을 건너갔다

벌개미취꽃


얼마나 곡진하게 기다려야
꽃이 될까

얼마나 서러운 것들이 모이고 모여야
꽃이 될까

숱한 고개를 넘고
산을 넘던 생각들

깊은 밤은 그래도
별 몇 줌 뿌려주고

외로움은 그 끝의 끝에 다다라
가을이 되었다

# 3부

# 탁월한 선택

# 몽블랑

몽블랑은 만년필이다
몽블랑은 만년설을 하얗게 머리에 쓰고 있다

아주 오래전
만년설을 머리에 인
스위스의 몽블랑을 오른 적이 있었는데
그때의 놀람과 환상을 따라
만년설을 걷거나 얼음동굴 속도 걸어봤다

형은 지난해 불현듯 만년필을 내밀며
만년설처럼
녹지 않는 설산을 그려내야 하지 않겠느냐는
묵언이 스며 있었다

세상이 아무리 변해도
녹지 않는 만년설처럼
나도 이 지상의 노래를
설산처럼 써 내려가야 하지 않겠는가

# 나무늘보

그에게 시집을 보내주었더니
다짜고짜 전화에다 대고
너무 늘어진다고 잔소리다

시내버스 타야 한다니
한 달 뒤에 또
똑같은 얘기다

물속을 다 들여다보듯
책도 안 읽어 늘어지고 있다고
친절히 문자까지 주었다

누군가에게
된 시어머니 같다고 하니
아니 검찰이라고 하였다

그래도 그는 소중한 선생이다

# 탁월한 선택

어제부터는 신입생처럼
초등학교 도서관도우미로 나가기 시작했습니다

이제 막 우수를 지났는데
아련한 풍경 뒤에는
아직 그리움이 남았는지
잔설로 가득한 산맥이 출렁거렸고
학교 안에는 어마어마한 목백합이나 전나무가 즐비했으며
또 뒤 텃밭은 아이들 손길을 손꼽아
기다리고 있었습니다

나도 상쾌한 공기로 하루를 심호흡하고는

아침부터 책 속으로 오는 길을
빗자루로 쓸거나
막대걸레로 깨끗이 닦아

아이들이 새로운 봄으로 씩씩하게 걸어갈 수 있도록
힘껏 도왔습니다

# 내력

이 산막의 옛 주인은
오지에 살다가 수몰지구로 지정돼
식구들을 올망졸망 물오리처럼 몰고 와
이 집을 그래도 번듯하게 짓고
논밭도 많이 장만했다는데

주인어른은 검소하여
술 담배도 안 하시고
외양간을 지어 소도 서너 마리 매고
가금도 키우고
살구나무에서는 유월이면
살구 알들을 두 손으로 받아내 내다팔고
토종 감도 가을이면 깎아 곶감을 만들어 팔아
꿈같은 기쁨을 일구었으리

하지만 장성한 큰아들이
대처로 나아가 커다란 우사를 지어 소도 많이 매고
게다가 새끼손가락 같은 애인도 들여
살림을 몰고 가다가
집도 절도 논밭도 모두 경매로 날아갔다니

그 어른 얼마나 세상천지가 까마득했을까

결국 안주인은 십여 년을 중풍으로 눕고
바깥주인은 농약으로 마무리를 했다니
생각만 해도 인생이 먹먹하다

나는 아무것도 모른 채
아름드리나무들이 너무도 살가워
이 집에 그림자처럼 스며들기로 한 날

뒷등에 누워 있는 세 봉분으로 올라가
이제 봄풀처럼 노여움을 푸시고
평안한 흙이 되시라고
나도 서러움에 휩싸여 서산에 걸렸다

거울


한순간도 놓치지 않고
내가 나를 들여다보는 거

나를 가르치는 것도 나이고
나를 일깨우는 것도 나이다

산천에 널려 있는
풀포기 하나
나무 한 그루
새 한 마리
구름 한 송이
한 획으로 푸르른 강 한 줄기
그 어느 것 하나
내게 선생 아닌 것이 없다

그 하나하나는
아무 말 하지 않는다 하더라도
비유로 나에게 말하고 있는 거

순간만이 저 스스로

영원으로 가는 장도

언젠가 꽃처럼 허공에서
뚝 떨어지는 거

물 아래 맑은 피라미처럼
그저 오늘
내가 나를 가만히 들여다보는 거

# 구름

내 몸이 옷을 입어
여기까지 흘러왔으니
산천이 내 집이어서 좋구나

한세월 그래도
초목으로 살아
저 벌레의 살가움이
내게도 집을 내줘
가슴이 들뜨고
뜨겁지 않은 때가 없었구나

온갖 들판 떠돌며
내 손에 움켜쥘 것이
무엇이 있겠는가

갈대와 친구가 되어
상상 하나만으로도
얼마나 크나큰 재산이 되고
새처럼 황홀했던가

살면서 낙엽 같은
숱한 허황됨을 보았으니
나는 한갓
그대에게 바치는 노래

그 수많은 밤과 낮의 골짜기를
구슬픈 별들로 펄럭이던

호반새


그해 여름 어느 날
한 줌의 빛덩어리가
비구름처럼 저 남쪽에서 와서는
우리 집 유리창에 부딪혀 바닥에 떨어졌다


이름도 몰랐던
한 마리의 불꽃


나는 접시에 물을 떠다가
간절하게 부리에 넣어줬는데


까닭도 없이 유리창처럼
내 안에서는 죄가 자라났고
다행히도 정신을 가다듬은 불꽃은
공처럼 푸른 숲으로 날아갔다


비로 쓸어내린 가슴에는
수시로 푸른 바람으로 가득한 숲속에서
아리따운 색실이 줄을 이어 내려왔다

새는 보이지 않아도
여름내내 영혼처럼
음표들이 마을까지 자욱이 뒤덮었다

# 갈대

나는 워낙 생각이 느리고
행동이 느려
세상을 따라잡기에도
퍽이나 힘겨웠다

아주 어릴 적
엄마는 내 생일날
흙 부뚜막 위에
동글동글한 수수경단을 해주시고는
저녁처럼 아무 말도 없으셨다

부끄러움으로 소문난 내가
세상으로 나아가
어느 광맥처럼
나의 뿌리도 서서히 깊어졌을까

그리하여 이 겨울 한복판
비어 있는 철쭉 가지에 찾아오는
한 줌 햇살 같은
새들의 반짝거리는 소리에

내 마음도 오롯이
폭설 속에서도 불을 켜는 것이다

# 이야기는 힘이 세다

그가 어느 날
강바람처럼 획
어딘가로 멀리 떠난 이후로도

그는 편지처럼 시도 때도 없이 와서는
조근조근 말을 하거나
무슨 꽃처럼 와서는
부드럽게 감싸는 것이다

떠난 것은 떠난 것이 아니다

어느 옛 시인은 천 년이 지났어도
다시 스멀스멀 취객처럼 찾아와
봄 향기로
인생을 강줄기로 풀어내는 것이다

사랑한다는 그 말이
봄바람처럼
저 얼음 속에서도
애인을 불러왔다

꽃무릇


새벽에 미명을 걷으며
그대는 서쪽으로 떠난다 했다


영광스러운 영광*


굴비가 파도처럼 떠올랐고
굴비가 전부였다


그대는 늦은 밤을 타고 돌아와서는
온통 노을의 수평선이라고 했다


석양을 지고 가는 당나귀


온통 어둠이 가득했어도
내 안을 석양이
천지간 채우고 있었다


* 전남 영광.

# 자리

당신은 불을 따라
강릉으로 떠나고

나는 혼자서
당신이 누울 곳을 찾아
이 산등성 저 산등성을 헤매고 있네

진흙을 밟고 헤매는
이 길도 좋아라

세상은 아무리 험하다 해도
알 수 없게 누군가는
여기 뿌리 내리고 싶어하네

하지만 그것도
나비 같은 한때
기필코
어느 순간은 꽃처럼 오리라

가장 편하다는

진흙 위 잔디밭
그곳에 서는 그림자 하나
까닭도 없이
서러운 내가 저녁처럼 울고 있네

# 병원


이제는 꼬박 세 달에 한 번씩
간식을 받으러 가는 날에는
들뜨기도 하고
심지어는 철학적이기까지 한 것이다

심장 내분비 비뇨기과를 두루 다니노라면
사실 내가 실려다니는
내 몸도 나는 아직 잘 모르고
심지어는 낯설기까지 하다

벌써 이천 년 전
설법을 풀어내던 세존 선생은
생로병사라고 인간의 생을
이미 못 박았지만
이곳에 오면
눈이 흐려지던 나도
또렷하게 하나하나 공부가 되는 것이다

그리하여 내 몸도 나를 언제 버릴지
나조차 모르는 일이지만

뭐, 그게 대수이겠는가

같이 손잡고 걸어가는 동안
구름과 햇빛과 새소리와
온갖 푸르름이 보내준 풍광과 더불어
하루하루를 살뜰하게 잘 살았노라고
치부하는 일 말고 또 무엇이 있겠는가

사발


그 그릇을 찾아
수십 리 길을 달려갔다

금강산으로 들어가는 초입이라는 팻말
'방산'*
거기 천 개의 빛이 빚어졌다
천 개의 아리따운 그릇

그 옛날 겸재 선생도
이 길로 들어
금강을 채색하여
수많은 걸작을 낳았다는 결기

여기 깊고도 순수한
백토를 꺼내
빚어졌다는 그 빛

국그릇이 되고
밥그릇이 되었다는
그 일상생활,

그 일상생활 위에
평상심이 놓이지 않았겠는가.

삶이 가장 깊은
이 골짜기에 와서
나도 하나의 그릇이 되고
구름이 되고 싶은 것이다




* 양구군.

색소폰


뒷동 아파트 1층 베란다에서
가끔씩 흥에 겨우면
흘러나오던 소리가
지난해 언젠가부터는 뚝 끊어졌다

아마도 입도 없는 코로나 병균이
어느 날 통째로 그를 삼켜버린 모양이다

그래도 때때로 애수에 젖은 날이면
연습처럼
인생을 읊조리곤 하던
그 트로트가 이젠 영영 사라진 것이다

때로는 좀 거슬리기조차 하던
그 금속의 소리마저도
애틋할 때가 있으니

또 담배 연기를 가끔씩 내뿜으며
어느 생을 빗줄기처럼
젖어들고 싶기도 했을 텐데

소리의 한 생애도
그와 더불어 영원히
문을 닫은 것이다

# 강

그대에게는 강물이 흐르고 있어
시리도록 푸른 강물이 흐르고 있어
나 그대에게서 눈을 뗄 수가 없구나

그대에게서 해가 뜨고
또 그대에게서 석양이 물들고 있으니
나 어찌
그대 없이 무슨 소용이 닿으리

강마을에는 한 감성주의자가 있어
바느질처럼
세월을 노 젓고 있고

저 물오리들이 수놓은
무수한 세월의 무늬들 따라
나 저 노을로 불타오르며
선뜻 그대에게 닿으리라

4부

## 울지 말아라

# 파치

크고 실하고 둥근 복숭아가
손톱만 한 상처를 두른 채
내게로 왔다

누군들 세상에 상처 없는 자가
어디 있으랴

달고 과즙 많은 저 깊이

나도 돌아보면
수많은 상처투성이

상처가 상처에게 들어가
별빛을 나누고 있었다

파도


선생은 지난해 어느 날
떠나시기 전
전화를 하여
우천* 시골에 손녀가 와서
아내랑 셋이서 둘러앉아
손녀에게 내 손수건 같은 시를 읽으라고 하여
그 시를 천천히 읽어내려가다가
다 읽고는
셋이서 모두 울었다는 얘기를
전해주시는 거였다

그 옛날 몇 백 년 전에 쓰여진 한시를
지금 읽어도
가슴을 후벼파는 것을 느낀 적은 있었으나

저 바위 같은 마음을
흔들어대는 것은 무엇일까
곰곰한 밤이다


*강원 횡성군 우천면.

# 격세지감


나도 너무나 멀리
강으로 떠내려왔으니
내가 나 자신도 잘 모르는구나

새잎이 돋고
꽃이 새초롬히 피어난다 해도
그 감각 속에
입맛도 풍속도와 더불어
이미 멀리 떠나왔으니

세상의 눈도 바뀌고 바뀌
서릿발로 서 있는 내가
나를 못 알아보는 것도
흠이 되지 않으리

울지 말아라


내가 언제 훌쩍
이 별을 떠난다 해도
울지 말아라, 애야


2천 년 전 장자 선생이 말씀하셨듯이
떠난 그 자리에서
풍악을 울리는 것이 좋겠구나


꽃이 마른 가지에서 피어
감탄할 사이도 없이 떠나가듯
잠시 감개무량이면 좋을 듯하구나


사실 나도 놀랍게 이 지상에 출몰해
지구를 떠돌며
신비의 옷을 입고 춤을 추었구나


가도 가도 마법의 순간들을
아직도 나는 깨달을 수가 없고
다만 그 외경의 거울을
비추어보며 탄복할 뿐

개개비와 더불어 한 세월
갈대피리를 불어댔으니
그것으로 내 마음 가난해도
얼마나 즐거운 일이냐

산다는 것은 순간의 다리를 건너
나의 별을 향해
평생 방황하는 거

나도 매일 풀잎으로 새 옷을 갈아입고
한세월 이슬과 풍악에 젖어 떠돌았어도
눈물처럼 영영 즐거웠으니,
이제 밤이슬과 더불어
소쩍새 소리 밤의 숲을 적시고 있으니
이보다 좋은 거 말하면 무엇하리

# 죽음


사실
죽음보다 큰 선생이 어디 있으랴


늘 그림자같이 따라다니며
내면 저 깊숙한 곳에서
잠시도 잊지 않고
충고의 충고를 아끼지 않으니


또한 달같이 훤히 비춰주며
항상 새 옷을 잊지 않고 갈아주니
얼마나 좋으냐


따로 공부하지 않아도
뿌리가 되는 심오한 철학


항상 섬세한
나뭇잎의 손을 내밀며
말 없는 침묵으로 말하고 있다

# 초대

까닭도 없이
쪽빛 치마가 넘실대는
보기에도 좋은
그 바닷가로 그대가 떠난다기에
그래도
보름달같이 떠오르는
두리반 한 상 차려놓고
얼씨구 한 상 차려놓고
아직도 꿈쩍않는
얼음의 소한小寒이라 하지만
꽃은 잊지 않고 올 거라고
애인처럼 새의 노래는 올 거라고
저녁놀처럼
절씨구 한 상 차려놓고
장단이라도 치고 싶어

# 마로니에 베어지다

저 아랫마을에 살던
아름드리 마로니에가 천둥같이
어느 날 전기톱으로 베어졌다

이유는 간단했다
꽃이 지고 나면
마른 꽃잎들이 온통 수선스러웠고
잎사귀 또한 가을이면
천지 가득 떨어져
감당할 수 없다는 거다

이 설명할 수 없는 비보

나는 봄이면
분수처럼 아리땁게 솟아오르던
무수한 꽃송이들과
여름내 푸른 그늘로 가득하던
그 집 앞을
바다처럼 잊을 수가 없는 거다

하지만 그 모두
꿈처럼 사라져버렸다

다만 나의 구름 속에
색색의 불꽃으로 피어나던
그 우람한 나무가 커가고 있을 뿐

# 경칩 무렵

나에게도 분에 넘치는 봄이 또 온다기에
철 이른 설렘을 안고
천 년의 고찰이 스며 있는
수타사* 계곡을 찾아들었다

절에는 시절의 회한이 묻어나는
보물이 들어 있다 하지만
아직도 아쉬운 듯
얼음이 희끗희끗 발걸음 떼지 못하고
골짜기는 오로지
적막의 열반으로 가득하다

이 어마어마한 계곡을
해정한 실로폰 소리로
쉬지 않고 실어나르는 시내가
나의 법문이 아니겠는가

들에는 추상 같은
마른 수국 꽃잎이나 낙엽들이 거들어
추억의 기슭을 비추고 있는데

물에 비춰보면 지나온 내 삶도 허접한 것

흐르는 얼음 냇물을 두 손으로 떠서
얼굴을 문질러대며
나도 이 골짜기의 영혼에 다다를 수 있을까 하고는
수심 깊이 빠져들어 보는 것이다

*강원 홍천군 영귀미면에 있는 사찰

# 새것

세상 어디에는 누군가 숨어 있어
잠시도 쉬지 않고
헌 것을 가져가고
새것을 내주고 있다


이 얼마나 놀라운 일인가


하지만 사람들은 별로 놀라는 기색도 없이
태연자약하게 떵떵거리며 살고 있거나
심지어는 거기다 싸움판까지 벌이고 있으니
더욱 까무러칠 노릇 아니겠는가


그리하여 그 옛날 우리 조상은 그 낌새를 알아채고
순간이라는 낱말을 맷돌에서 갈아냈고


또 누군가는 '두껍아 두껍아 헌 집 다오 새집 줄게'라는
속담을 빚어내기도 했고


이웃 나라에서는 변검이라는 마술 공연을

또 아주 먼 나라에서는 천일야화라는 아주 놀라운
애기책을 엮어냈다는 소식도 아주 오래전 전해들었다

김화


김화의 옛 지명은 금화였고
옛날에는 명성이 자자한 철의 삼각지였다는데
수복 이후 북으로 대부분이 들어가
이름을 바꾸었다고 하였다


아무튼 김화 품 안으로는 화강花江이 흐르는데
이 꽃강이라 이름지은
옛 시인에게도 탄복할 노릇이지만
북쪽에서 발원하는 이 화강은
한탄강으로 임진강으로 이름을 바꾸어 부르며
무엇이 불편한지 꿈틀거리고 있다


이 화강에는 다슬기가 많아
8월이면 다슬기축제도 열지만
쉬리나 갈대 물새들이 더욱 자욱하여
내가 거기서 밥을 얻을 무렵에는
어김없이 거의 매일 시곗바늘처럼
그 꽃강을 아침 저녁으로 한 바퀴씩 돌곤 했다


새벽 여명을 따라 걷노라면

신선과도 같은 물 냄새와
쫑쫑거리는 물새들의 음표와
쉬리들의 용솟음이 가슴에 와 파닥거리는 것이었다

지금도 어디쯤 가다가
눈에 불을 켜듯 그 이정표가 나타나면
가슴을 품는 그 너른 평야와
심장을 관통하는 화강과
그 물새들의 음색이
무슨 옛 애인처럼 까무룩
나를 함몰시키는 것이다

# 눈길

어제는 꿈처럼 밤새 눈이 내려
온천지가 설경이고
온천지가 하나로 눈부시네

온갖 계절의 강을 건너
이제는 홀로 산막으로 가는 길

나뭇잎처럼 발자국을 찍을 때마다
나에게 들려주는 소리
가슴으로 스며드네

바느질하듯 한 땀 한 땀
발자국들이 모이고 모여
눈부신 시냇물로 흐르다가
다시 뒤로는 겨울 강을 이루네

앞마당 철쭉나무 사이로
무슨 불빛 같은
딱새 한 쌍이 와서는 노닐다가
겨울꽃으로 피어나네

혼자서 가는 이 길이
선경仙境이 된다 해도
유리창에 비쳐드는 그대 없이
무슨 소용이 있으랴
봄날의 뱃전에 닿는다 해도
영영 무슨 소용에 닿으리

# 푸른 기억

반세기가 훨씬 넘어서고
머릿속도 그믐처럼
어둠으로 그득했을 텐데
무엇이 그리웠을까
그대 기억이 또렷하게 문득
불을 그어대고 있으니

저기는 동그란 파출소 자리
여기는 옆집 점방 자리
땅거미가 지면 라면도 사고
군것질도 나르고
스스로 꺼내고 싶지도 않았을
사환의 시절

새벽 6시에 일어나
저녁 어스름까지
흐르는 강물처럼 일을 하다가

저녁놀이
강물 치마에 아름답게 스며들면

추억인지 쓰라림인지
어둠의 손을 잡고
찾아들어 야학의 학교로 떠나곤 했다는
그 아픈 서사를
밤의 자국처럼 꺼내 드는 그대 혼자
가슴에 아픈 흔적의 불을 무심한 듯 홀연히
사무치게 켜 들고 있다

겨울 날개


어느덧 까닭도 없이
쪽빛 치마를 애인처럼 끼고
적토마를 타고는
7번국도를 치달리고 있었다

그 옛날 환상이던 꿈이
아직도 서슬 퍼렇게 환상이었는데

하얀 갈기로 끝없이 날아오는 말떼들

이 음악을 현처럼 타고
끝없이 북쪽으로 달려가면
또 다른
말발굽 같은 나라들이 번져간다는데

청춘의 서핑을 타고
소스라치게 찬란한 고독 속으로
끝도 없이 날아가고 싶은 것이다

# 배롱나무꽃

붉은 네 뺨을 어이 만지랴

흐르는 네 물방울을 어이 만지랴

나뭇가지처럼
수많은 길을 헤매었건만
내게 별같이 돋아나는 것은
서러움과
애틋함 뿐

나도 어디 가서 홀연히
너의 복사꽃 미소를
뿌릴 날 있겠는가

닳고 닳은 이 날을 뿌려
너의 가슴에 닿겠는가

# 벽시계


벽에 걸린 채
내장이 훤히 들여다보이는
시계를 보았는가

여러 개의 톱니바퀴들이
얽히고설킨 채,
먼지를 뒤집어쓰고
쉬지 않고 곡식을 빻던 옛날 정미소처럼

착 착 착 착……
쉬지 않고
톱니 하나하나가
서로 사이좋게 맞물려
시간을 빻는 기계

자벌레가 기어가는 발자국

영원으로 떠나는 기차

거기에서

가을로 들어서는 풍광을
섬세하고도 하염없이
자로 재고 있는 것이다

# 자연의 서정에서 존재의 사유로

전윤호/ 시인

조성림의 시를 읽는 일은 급격한 미학적 혁신을 목격하는 경험이라기보다, 오랜 시간 축적된 서정의 흐름을 천천히 따라가는 경험에 가깝다. 그의 시는 파격적인 형식 실험이나 언어의 급진적 변형을 통해 독자를 놀라게 하려 하지 않는다. 대신 자연과 인간의 삶을 오래 바라보며 얻은 감각과 사유를 차분하게 쌓아올리는 방식으로 형성되어왔다.

그는 평생 수학을 학생들에게 가르친 교육자였다. 그러므로 그의 시가 전통적 서정시이기는 하나, 나름 정밀한 관찰과 계산에 의한 시적 변용이 있었다고 믿어진다.

이러한 특징은 그의 이전 시집『멧새가 와서 사랑처럼 울었다』,『사랑 없이 어찌 모과나무에 모과꽃이 피랴』에서부터 일관되게 이어진다.

그러나 세 시집을 연속적으로 읽어보면 동일한 서정적 기반 위에서도 시인의 시선이 점차 다른 방향으로 이동하고 있음을 확인할 수 있다. 자연의 풍경에서 출발한 그의 시는 인간적 관계와 기억의 문제로 확장되고, 마지막 시집

에 이르면 삶과 죽음이라는 더 근원적인 질문을 향해 나아
간다. 이러한 변화는 겉으로 드러나는 형식적 변모보다는
시적 사유의 깊이가 점차 확장되는 방식으로 나타난다.

시집『멧새가 와서 사랑처럼 울었다』에서 자연은 단순한
배경이 아니라 시적 감정이 발생하는 근원적인 공간이다.
강과 새, 나무와 꽃 같은 자연의 대상들은 시인의 감정을
담아내는 그릇이 되며, 자연의 풍경 속에서 인간의 삶이 은
유적으로 드러난다.

> 강을 풀어 바다로 가던 청춘
>
> 돌아보면
>
> 안개 아닌 것 어디 있으랴
>
> 물안개 적시며 피어올라
>
> 반짝거리던 물새의 노래
>
> 그대 속에 꽃피던
>
> 석양의 옷자락
>
> 그 모두,
>
> 이 얼마나 눈보라처럼
>
> 휘몰아치던 시구들인가

—「소양강」 전문

강의 흐름이 청춘의 시간과 겹쳐지며 서정적인 울림을
만들어낸다. 이 구절에서 강은 단순한 자연의 풍경이 아니
라 인간의 시간을 상징하는 이미지로 변한다. 강물이 흘러
바다로 가듯 인간의 시간 역시 흘러가고, 그 과정에서 남는

것은 희미한 기억뿐이다. 이러한 자연 이미지의 은유적 사용은 조성림 시의 중요한 특징이다.

이러한 특징은『사랑 없이 어찌 모과나무에 모과꽃이 피랴』에 이르러 중요한 변화를 맞는다. 이 시집에서 자연은 더 이상 단순한 풍경이 아니라 인간의 관계와 사랑을 드러내는 상징적 장치가 된다.

영서지방에서는 추위가 칼 같아도
애인처럼
모과나무를 곁에 두고 싶었다

햇살 좋은 봄날
어린 모과나무를 심었으나
이태는 연분홍 꽃만 내다 걸더니
지난해는 물방울 같은
모과 몇이 따라왔다

나도 눈만 뜨면 어김없이
푸른 모과의 황홀한 시간을 따라
나서는 것이었고
주먹을 불끈 쥔 모과와
그 간절함이
하루하루를 채워져 가는 것을
두 눈으로 가슴으로 똑똑히 보았다

오오 세상 그 어디에도

사랑 없이 어찌

모과나무에 모과꽃이 피겠는가

—「모과」 전문

자연의 생명력은 사랑과 연결되며, 꽃이 피는 일조차 사랑의 은유로 해석된다. 자연은 이제 인간의 감정을 투영하는 거울이 된다. 이 시집에서 특히 두드러지는 것은 인간적 연민의 확대다. 가족과 친구, 스승과 같은 주변 인물들이 시 속에 등장하며, 시인은 그들과의 관계 속에서 인간 존재의 의미를 탐색한다. 예를 들어 「아버지」와 같은 시에서는 노동과 가난 속에서 살아온 한 세대의 삶이 담담하게 그려진다. 이때 시인은 개인적 체험을 넘어 공동체적 기억의 차원으로 확장된다.

이러한 흐름 위에서 이번 시집 『고독하게 걸어서 빛이 되는』이 등장한다. 이 시집은 앞선 두 시집과 같은 서정적 기반을 유지하면서도, 자연과 인간의 관계를 더욱더 깊은 차원에서 바라본다. 자연은 더 이상 감정의 배경이나 사랑의 은유에 머물지 않는다. 그것은 인간 존재와 시간의 문제를 사유하게 만드는 철학적 장치가 된다.

800년이 넘었다는 거대한 나무가

나를 부르고 있었다


그 무수한 파도 소리와 같은 부름

그 시간의 두께
실존
살아 있는 화석


매년 우람한 몸피에도
어마어마하다 하지 않고
봄이면 바느질하듯 섬세하게
잎사귀 하나하나를 손질했고
그 하나하나의 순간이 쌓여
이 거대한 성채를 이루었으리


욕망하고도 욕망하지 않는
저 거대한 순수


섬세한 빛깔을
하나하나의 나비로 날려보내는
저 환희를
내 어찌 좇을 수 있겠는가


그 잎사귀 하나하나마다
거울이 되고
천상이 되는
저 심경을

—「반계리 은행나무」 전문

이 시에서 나무는 단순한 자연물이 아니라 시간의 상징이다. 인간보다 훨씬 긴 시간을 살아온 존재 앞에서 시인은 자신의 삶을 성찰하게 된다. 자연은 더 이상 감정의 배경이 아니라 인간 존재의 유한성을 드러내는 거울이 된다.

이 시집에서 특히 두드러지는 주제는 삶의 유한성과 죽음에 대한 성찰이다.

> 내 몸도 나는 아직 잘 모르고
> 심지어는 낯설기까지 하다
>
> ―「병원」 부분

이 구절은 존재의 근본적인 불안을 표현한다. 인간은 자신의 몸조차 완전히 이해하지 못한 채 살아간다. 이러한 인식은 나이가 들수록 더욱 또렷해진다. 시인은 병원이라는 공간을 통해 삶이 얼마나 불안정한 기반 위에 놓여 있는지를 보여준다.

또한 「죽음」이라는 시에서는 다음과 같은 구절이 등장한다.

> 죽음보다 큰 선생이 어디 있으랴
>
> ―「죽음」 부분

이 문장은 이 시집의 중심을 이루는 구절이다. 죽음은 단순한 끝이 아니라 삶을 이해하게 만드는 스승이라는 인식이 드러난다. 이러한 태도는 자연 속에서 삶과 죽음을 하나의 흐름으로 바라보는 동양적 사유와도 연결된다. 인간의 삶은 자연의 일부이며, 죽음 역시 그 흐름 속에 포함된다는 인식이 이 시집 전체를 관통한다.

또 하나 주목할 만한 것은 기억의 문제다. 「푸른 기억」에서는 어린 시절의 노동과 가난, 그리고 야학의 경험이 회상된다. 이러한 기억은 단순한 개인적 회상이 아니라 한 시대의 사회적 풍경을 드러낸다. 개인의 삶과 시대의 경험이 겹쳐지면서 시는 개인적 서정을 넘어 역사적 정서를 획득한다.

내가 언제 훌쩍
이 별을 떠난다 해도
울지 말아라, 애야

2천 년 전 장자 선생이 말씀하셨듯이
떠난 그 자리에서
풍악을 울리는 것이 좋겠구나

꽃이 마른 가지에서 피어
감탄할 사이도 없이 떠나가듯
잠시 감개무량이면 좋을 듯하구나

사실 나도 놀랍게 이 지상에 출몰해
지구를 떠돌며
신비의 옷을 입고 춤을 추었구나

가도 가도 마법의 순간들을
아직도 나는 깨달을 수가 없고
다만 그 외경의 거울을
비추어보며 탄복할 뿐

개개비와 더불어 한 세월
갈대피리를 불어댔으니
그것으로 내 마음 가난해도
얼마나 즐거운 일이냐

산다는 것은 순간의 다리를 건너
나의 별을 향해
평생 방황하는 거

나도 매일 풀잎으로 새 옷을 갈아입고
한세월 이슬과 풍악에 젖어 떠돌았어도
눈물처럼 영영 즐거웠으니,
이제 밤이슬과 더불어
소쩍새 소리 밤의 숲을 적시고 있으니
이보다 좋은 거 말하면 무엇하리

—「울지 말아라」 전문

　삶은 안정된 상태가 아니라 방황이며 여행이다. 인간은
별을 향해 가는 존재이며, 그 과정에서 수많은 경험과 감정
을 겪는다. 결국 인간은 잠시 지나가는 시간이지만, 그 과

정 속에서 의미를 발견하는 것이 존재의 본질이라는 인식이 이 시집의 결론이라 할 수 있다.

물론 이러한 시세계는 최근 한국시단에서 두드러지는 실험적 경향과는 다소 거리가 있다. 조성림의 시는 언어의 급진적 해체나 형식적 실험을 통해 새로운 미학을 추구하기보다는, 전통적인 서정의 방식 속에서 삶의 깊이를 탐색하는 데 집중한다. 그러나 바로 이러한 점이 그의 시를 독특하게 만드는 요소이기도 하다. 그의 시는 화려한 기교보다 오랜 시간 축적된 사유의 힘으로 독자를 설득한다.

조성림의『고독하게 걸어서 빛이 되는』은 자연을 노래하는 서정시집이면서 동시에 삶과 죽음에 대한 철학적 기록이다. 그것은 한 시인이 평생 동안 자연과 인간을 바라보며 얻은 사유의 결산에 가깝다. 그의 시는 격렬한 외침 대신 조용한 울림을 남긴다. 그 울림은 오래된 나무 아래에서 들려오는 바람 소리처럼 크지 않지만 오래 마음속에 남는다.

이러한 점에서 자연과 인간, 기억과 죽음이 서로 얽혀 형성된 이 시집은 화려한 미학적 선언보다는 삶을 오래 바라본 시인의 깊은 사유를 보여준다. 그리고 바로 그 점에서 이 시집은 한국 서정시의 전통 속에서 의미 있는 자리를 차지하게 될 것이다.

현대시세계 시인선 **188**
## 고독하게 걸어서 빛이 되는

지은이_ 조성림
펴낸이_ 조현석
기　획_ 김정수, 우대식
펴낸곳_ 북인
디자인_ 푸른영토

1판 1쇄_ 2026년 04월 05일
출판등록번호_ 313 - 2004 - 000111
주소_ 121 - 842 서울 마포구 서교동 460 - 34, 501호
전화_ 02 - 323 - 7767
팩스_ 02 - 323 - 7845

ISBN 979-11-6512-188-4　　03810
ⓒ조성림, 2026

**이 책은 춘천문화재단의 후원으로 제작되었습니다.**